AF377324

LES DOVLEVRS DE PHILIRE,

Sur l'horrible Parricide commis en la personne du tref-glorieux, & tref-victorieux Monarque HENRY IIII. Roy de France & de Nauarre.

A VILLE-FRANCHE,

Par Iean le Preux.

1610.

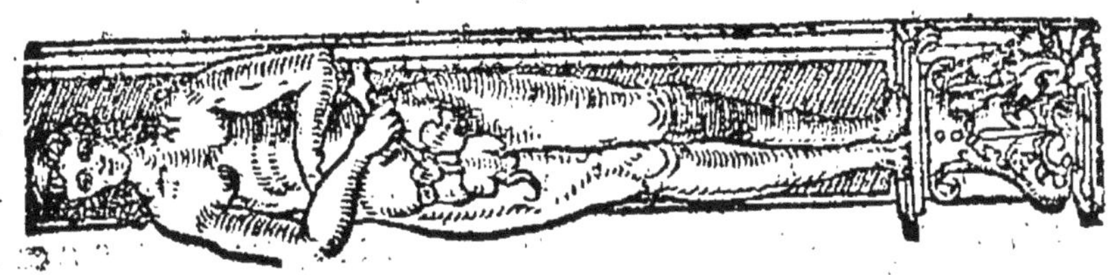

A MONSIEVR LOPPIN,

SECRETAIRE ORDINAIRE
de la chambre du Roy, &
commis à la recepte gene-
rale des Gabelles en
Languedoc.

MONSIEVR,

Le malheur du commun defaſtre de la
France a eſmeu en moy ces iuſtes douleurs, leſquelles ayans voüées aux vrays & legiti-
mes Françoys, ie me suis aſſeuré, qu'en les vous ad-
dreſſant, elles leur pourroient eſtre facilement có-
muniquées : d'autant que vous auez ceſt honneur
d'eſtre cogneu, & de traiter parmy les plus releuez
de ceſt Eſtat des choſes plus importantes au bicu
public : C'eſt la seconde raiſon qui m'a confirmé le
deſſein que i'auois de mettre en voz fidelles mains
ce petit labeur, tirant la premiere de voz merites,
& de l'obligation que i'ay à iceux. Ie voy de l'œil de
l'eſprit vne infinité de cœurs deſolez, qui ne reſpi-
rent que par le vif eſpoir des vengeances celeſtes,
portans les marques immortelles de la foy au plus

A ij

secret de leurs ames, & qui n'ayans point les fronts
enuironnez du bandeau d'infamie franchiront deformais modestement sur les craintes, & sur les sou-
cis des ames timides: Ils ont pris auec vous ces belles vertus dans le Ciel, qui vous poussent esgalemét
auec de l'ardeur à l'eternel seruice de noz Roys: La
ruse des meurtriers assassins a souuét fermé la bou-
che à plusieurs, voire aux plus clairs-voyans, & iamais durant cest assoupissemét on n'a peu auoir ceste faculté de respirer contre les plus descouuers,
voyant mesmes clairement leurs actions menacer
la gloire Françoyse. Ainsi, Monsieur, nous auons
trop idolatré la crainte, & trop honoré le silence,
nous deuions laisser le premier aux esclaues, & l'autre aux imprudens: C'estoit vn infame respect, du-
quel nous deuons auiourdhuy briser le lyen, trop
rude pour nostre franchise: Nous auons imité l'office des flateurs, qui se taisent au bruit de leurs miseres: Il eust esté plus seant d'offencer auec la verité, que d'aplaudir par la flaterie, I'entens desia ceste verité former prudemment des paroles sur voz
leures, qui seruiront deformais d'officieux Oracles
à la posterité Françoyse, & qui donneront de l'audace à mes douleurs, & du courage à ma plume;
Vous ne sçauriez offencer en parlant, sinon noz cô-
muns & mortels ennemis, qui ne peuuent, & qui
doiuent estre offencez de tous. Doncques, Monsieur, l'harmonie publique, animée de vostre fidelle
voix, fera deformais vn agreable concert, qui con-
sultera vertueusement ce que le bras deura faire en

son temps pour la desirable vengeâce de noz com-
muns desplaisirs, sans crainte que le Ciel, pere des
Roys, n'en authorise les desseins. La perte du plus
admiré, & du plus glorieux Monarque appelle ceste vengeance contre les perfides qui en ont ourdy
la trame. C'estoit nostre Roy magnifique, cogneu
de l'Vniuers, chery des estrangers, honoré des Princes, craint de ses ennemis, & aymé de nous, qui e-
stions son peuple: Il estoit nostre Phanal, & l'astre
de nostre conduitte. Il estoit nostre Pere, fort, iu-
ste, graue, magnanime, bien-faicteur, & liberal,
auquel ne manquoit que la seule seuerité: Il auoit
plus de confiance en son innocence qu'en ses for-
ces: Il se monstroit plus terrible par les menaces
que par la punition: Il estoit plus cogneu par les dôs
de son esprit, que par l'abondance de son or, & de
ses vestemens: Il auoit ceste souueraine puissance
de se sçauoir gouuerner soy-mesme pour le bien de
son Empire: Il estoit le modelle & la coustume des
siês: Il faisoit mieux sentir sa puissance par ses bien-
faicts, qu'auec iniure: Il promettoit vne bien-heu-
reuse durée à son Royaume, par le mespris de son
propre gain, qu'il ne côseruoit que pour l'vtilité de
son peuple. Bref, c'estoit ce braue & singulier Roy,
qui auoit autant de beneuolêce enuers les Soldats,
que d'audace côtre ses ennemis. Tant de singuliers
dons (qui estoient autant de perfections desquelles
il auoit souuent arresté les cruelles resolutions des
meurtriers) ont formé par leur esuanoüissement
mes ardentes douleurs, Et c'est ce qui me fait ainsi

dilater fur ce propos. Mais pour n'acumuler mes ennuys fur les voftres, ie m'arrefteray fur la gloire prefente de noftre ieune Cefar, qui conduit d'vne main de la Diuinité, & de l'autre, de la prudence de noftre Reyne Regente, fa triomphante mere, nous fait miraculeufement reffentir le bien de l'heureufe tranquilité de fa Monarchie au milieu de tant de matiere de confufion, en telleforte, qu'il femble que nous n'ayons rien perdu, ou que nous n'ayons que changé de perfonnes. Des paroles mieux releuées euffent efté plus côuenables à ce fujet, mais ie iuge qu'il fe peut mieux exprimer par vne fidelle douleur, que par vne curieufe recherche de vocables exquis. Qui fait, que ie n'ay point eu d'autre ambition en ce petit œuure (apres auoir fatisfaict à l'heureufe memoire de noftre tref-victorieux & tref-Augufte HENRY, & au denoir de fes Eftats) que de le rendre a voz fidelles mains, à qui mon ancienne & finguliere affection veulent que ie promette, moyennant la faueur Diuine, vne fidelle fuitte. Vous fuppliant de receuoir le tout de la part de

Voftre tref-affectionné
feruiteur, PHILIRE,
N. G. B. D.

LES DOVLEVRS DE PHILIRE,

Sur l'horrible Parricide commis en la personne de
HENRY LE GRAND, tref-Chreftien,
Roy de France & de Nauarre.

I

Plorons trifles humains, redoublons noz alarmes,
Fondons par la douleur en foufpirs & en larmes,
Ne laiffons à noz cœurs que le feul defplaifir :
Ou l'efpoir eft perdu il faut perdre l'enuie
Des biens, des voluptez, des honneurs, de la vie,
Et n'auoir que la mort pour plus digne defir.

I I

Tout ce que l'œil comprend par la docte mefure
Des fiecles, des faifons, du temps, & de nature,
Et tout ce qui de l'eftre a quelque mouuement,
Soit dans l'Air, dans le Feu, fur la Terre, ou dans l'Onde,
Ou dans les corps fecrets de quelque nouueau monde,
De noftre trifte perte ont du reffentiment.

I I I

Tout l'Vniuers s'efmeut d'eternelle trifteffe,
Le Barbare & le Scythe attaint de la deftreffe
Fremit par le difcours de ce mortel mefchef :
Si vn peuple brutal de noftre mal s'offence,
Françoys, que ferons-nous, hê que feras-tu France,
Perdant ton Roy, ton Pere, & ton Ame, & ton Chef?

Les douleurs

I I I I

O perte nompareille, ô mort incomparable,
Tu blesses, tu meurtris, & te rends desirable,
Car perdant le bon heur, on desire tes nuicts:
O mort, superbe mort, las si de ta victoire
Tu ne veux en noz cœurs estouffer la memoire,
Pour accomplir ta rage accable-nous d'ennuis.

V

Helas de quel accent plaindrons-nous nostre perte,
Puis que de nostre bien l'esperance est deserte!
Qui nous asseurera sur des flots agitez?
Desia nostre Pilote a senty le naufrage,
Et noz cœurs effroyez cedans à tant d'orage,
Confus, nous rencontrons la mort de tous costez.

V I

Nostre Monarque est mort, ceste ame comparée
A l'immortalité, s'est de nous separée,
Nous en estions le corps, Françoys infortunez:
O corps abandonné à la rage ennemie,
Pour auoir trop long temps ta paupiere endormie
Sur les seins enchanteurs des traistres obstinez.

V I I

Tu dormois voirement d'un dormir mortuaire
Sur des licts estrangers, garnis par l'aduersaire:
On posoit souz ton chef des coussins de Coton,
Dont l'extreme blancheur, & l'odeur gracieuse
Renforçoit au sommeil ta paupiere otieuse,
Mais ces licts estoient plains des serpens d'Alecton.

VIII

Ainsi ton esprit pris dans l'humeur letargique,
Ton œil enuironné du bandeau cymerique,
Ne comprend, ne voit pas le sujet de noz maux:
Estranges accidens, qu'il faille que la France,
Pour sa stupidité, elle-mesme s'offence,
Et que ses propres mains façonnent ses trauaux.

IX

Detestables fureurs, à noz Princes fatales:
Nous auons desia veu ces ames desloyales
Tourner leur cruauté sur le sang de noz Roys:
Leurs sacrileges mains ont pris leurs auantages,
Quand leurs premiers efforts n'ont peu nous faire sages,
Et qu'ils ont recogneu le mespris de noz Loix.

X

Loix, de qui les abus, que le Ciel ne tolere,
Ont iustement esmeu le fiel de sa colere:
Mespris, dont les aduis tant de fois negligez
Sans la grace Diuine à chaque moment prompte,
Ne voulant, inhumain, pour tousiours nostre honte,
Nous serions à iamais aux peines obligez.

XI

Ils donnerent, grand Roy, ta bonté, trop legere,
Et ta facilité, à la rage estrangere,
Tandis que le discord maniant leurs projets
Pour l'execution du malheur qu'il conspire,
Et pour plus affoiblir le bien de ton Empire,
Esleuoit contre toy tes plus dignes subjets.

B

X I I

Combien de fois le Ciel, protecteur de ton Sceptre,
Conseruant tes Lauriers à l'ombre de sa dextre,
Et de ces Massacreurs destournez les cousteaux,
Sans qu'vn ressentiment de ton Royal office
Determinast contr' eux l'arrest de ta Iustice,
Clemence qui rendoit leurs desseins plus brutaux.

X I I I

Tant s'en faut , que la voix de ton Senat mocquée,
Estant absolument destruitte & reuoquée
Par le complot flateur de ces haineux couuers,
On te fit conspirer contre ce bel ouurage,
Ou tes peuples lisoient l'histoire de leur rage ,
Et ou chacun voyoit leur attentat peruers.

X I I I I

Coup, qui de noz malheurs fut iugé pour augure,
Dont la voix de ta France incessamment murmure,
Combien que ta deffence en rompit le discours:
O sujet qui rendoit le plus cruel timide,
Au temps de ton honneur, fidelle Pyramide,
Nous deuions à ta gloire vn eternel secours.

X V

Le messy ne pouuoit prendre au cœur du Roy place,
Insensible à l'offence, & facile à la grace,
Il redoubloit la force aux plus ambitieux :
Si on eust en commun preparé des suplices,
Les grands & les petits esgalement complices,
Craintifs, eussent quitté leur vol audacieux.

X V I

On deuoit, Marbre ſainct, à ta cheute honteuſe,
Pour tes fidelitez vne ayde genereuſe :
On te deuoit remettre en tes premiers honneurs:
Ton eſtre fut du Ciel, & la fole entrepriſe
De ta deſtruction ne fut qu'vne ſurpriſe
De ceux que tu marquoient d'eternels deshonneurs.

X V I I

Non, belle Pyramide, on ne te peut deſtruire,
Tu memoire touſiours s'exerce à nous inſtruire :
Si tu n'es triomphante au plan de tes Chaſtels,
Les fidelles Françoys portent touſiours ta gloire
Sur les tables d'acier de leur ſaincte memoire,
Ou ils ont buriné tes notables cartels.

X V I I I

Noſtre Roy qui touſiours auoit la bonté prompte,
Voulant des plus peruers meſmes cacher la honte,
Exerceant ſon courage & ſon humanité :
Helas en expirant d'vne voix lamentable,
Il diſoit, ce n'eſt rien, ne tuez le coulpable,
Voulant meſme en mourant faire veoir ſa bonté.

X I X

O trop claire bonté, ſi funeſte à la France,
Si douce aux aſſaſſins, ſi fiere à l'innocence,
Si plaiſante aux bourreaux, ſi mortelle à noz Roys:
Tu donnes auiourdhuy des aiſles à l'enuie,
Tu couronnes la mort des lauriers de la vie,
Et reuets l'ennemy du malheur des Françoys.

X X

Bonté, qui d'vn cofté te rendoit adorable,
Mais qui de l'autre rend ton peuple miferable,
Bonté trop exceßiue enuers tes ennemis,
Bonté pour ton falut beaucoup trop refroidie,
Qui caufes, par ta mort, la forte maladie
Et les dangers confus ou nous fommes foumis.

X X I

Non, ce n'eft pas vn fer, ny des mains carnaßieres
Qui portent fur noz Roys des rages fi meurtrieres,
Ce n'eft pas le complot d'vn infame aßaßin:
Des traiftres defguifez la cohorte infectée
Libre aux accez des Cours, par fa voix affettée,
Produit de tant d'horreurs l'effect & le deßein.

X X I I

Se font ces impofteurs, dont les ames noircies,
Au malheur des humains font toufiours endurcies,
Qui prennent leur fortune à tous les accidens:
Qui pour tromper le fimple ont vn fi doux langage,
Qui ont des Rauaillards, & des Chaftels à gage,
Pour leur liurer des Roys & les cœurs & les dents.

X X I I I

Se font ces Leopards, ces Tygres d'Hircanie,
Qui pouffez par le vent d'vne horrible manie,
Cachent la mort des Roys fouz leurs feints hameçons:
Se font ces inuenteurs de volumes infames,
Qui couronnent leur fin de meurtres, & de flames,
Textes plus releuez de leurs doctes leçons.

XXIIII

Ces Demons enragez dont l'inique Cabale
Enuelope les cœurs dans leur mortel Dedale,
Par l'effort violent de leurs charmes secrets
Changent si bien l'esprit, & le sens du vulgaire,
Qu'au fort de sa douleur il l'astraint de se taire,
Ne laissant à sa voix que des plaintifs regrets.

XXV

Mesme ceux que le Ciel, prompt à nostre deffence,
Esleuoit pour Soleils sur les nuicts de la France,
Ont de ces seducteurs aualé le poison :
Par le prompt changement d'une estrange aduanture
Ils ont aux ennemis engagé leur nature,
Cedant au desespoir l'honneur, & la raison.

XXVI

Maudite ambition, marastre de la gloire,
Qui deçois noz esprits d'une fauce victoire,
Tu nourris tes enfans d'espoir malicieux :
Tandis que le destin paracheuant sa trame,
Supporte pour un temps ton orgueil, dont la flame,
En fin deuorera les cœurs ambitieux.

XXVII

Mais helas cependant, ô France infortunee,
Ta douce liberté maintenant enchaisnee
Dans les desguisemens de ces monstres noircis,
Entretient dans leur sang la malice & la force :
Et tout ainsi que l'huile aux flames sert d'amorce,
De mesme ta douceur rend leurs cœurs endurcis.

Les douleurs

X X V I I I

Quites ceste douceur, dont la suitte trop lasche,
De tes libres plaisirs toute esperance arrache,
Tourne sur ces peruers les traits de ton courrous:
Tesmoigne a descouuert à leur haine couuerte,
Que puis que tu ne peux racheter nostre perte,
Tu veux pour l'aduenir te garder de leurs coups.

X X I X

Coups qui portent a plomb sur les choses plus belles,
Coups qui sur les Estats font des playes mortelles:
Coups de signes, de voix, coups de mains, coups de dons,
Dont les meilleurs frappeurs par puissance absoluë
Font que l'ame a ces coups fermement resoluë,
Reçoit de ses forfaicts, en frapant, les pardons.

X X X

Si de tes Roys meurtris l'horreur ne t'espouuante,
Arreste au moins tes yeux sur ta Reyne constante,
Soignes ton ieune Roy : car encor que le Ciel
Promette à son Empire vn regne perdurable,
France destournes-le de ce monstre execrable,
Qui porte souz sa langue vn abisme de fiel.

X X X I

Considere attentifue en quel peril extresme
La clemence du Roy mit son peuple, & soy-mesme,
Pour escouter la voix de ces monstres nouueaux :
Tandis que l'on babille au rapel de leur faute,
Pour de rechef leuer leur audace plus haute,
L'autre meurtrier des Roys afile des cousteaux.

XXXII

Nous respirons encor, chetifues creatures,
Et l'imbecilité de noz rudes natures
Ne voit de noz douleurs le mortel accident:
Pouuons-nous bien paroistre aux yeux d'vn tel desastre,
Priuez de l'Orient d'vn si lumineux Astre,
Et viure dans l'obscur d'vn mortel Occident ?

XXXIII

Non, ie croy que la mort, qui desia nous possede,
De noz fortes douleurs est l'vnique remede,
La vie, & les douleurs ne peuuent subsister:
Si d'vn costé la vie au mal se veut resoudre,
De l'autre les douleurs reduisent tout en poudre,
Le sujet estant tel qu'on n'y peut resister.

XXXIIII

Quelquefois les vertus moderent la pensee,
Ainsi que la douleur la rend presque insensee:
Mais quand ceste douleur part d'vn sujet si haut,
Comme de voir meurtrir le plus grand Roy du monde,
Il faut que nostre mort ce desastre seconde,
Ou bien pour le venger nous roidir comme il faut.

XXXV

Mais quoy ! ceux qui deuroient former ceste vengeance,
Posent sur les meurtriers le manteau d'innocence,
Authorisant la voix du flateur babillard:
Qui fait que leur orgueil, voyant qu'on les supporte,
Nourrit tousiours dans soy d'vne asseurance forte
Ridecoue, Clement, Chastel, & Rauaillard.

XXXVI

Mais voudrois-tu mourir, ô France pareſſeuſe,
Sans venger de tes Roys l'iniure monſtrueuſe,
Les pleurs & les ſouſpirs ſeront-ils tes vainqueurs?
La plainte, & le regret, la fureur, & la rage
Seront-ils ſur ta leure, & la glace au courage,
Le ſang dedans tes yeux, & les larmes aux cœurs?

XXXVII

Toutes ces actions ne ſont qu'vne ardeur prompte,
Dont les cœurs genereux ne peuuent faire conte,
Il faut aux accidens oppoſer ſa valeur:
Le regret trop profond rend l'ame refroidie,
La reſiſtance du mal chaſſe la maladie,
Et le trop lamenter augmente la douleur.

XXXVIII

Ie ſens auecques toy ce malheur ſi ſenſible,
Qu'il rend a mes deſſeins toute choſe impoſſible:
Mais puis que c'eſt vn poinct poſé pour noz forfaicts,
N'irritons plus le Ciel par l'inſolent murmure,
C'eſt vn courroux paſſé dont la grace future
Nous promet mile dons de ſes nouueaux bien-faicts.

XXXIX

Si du Pere meurtry la perte te deſole,
Que du Fils triomphant la gloire te conſole:
C'eſt ſon image ſaincte, il promet comme luy
Qu'apres auoir conquis vne foreſt de Palmes,
Il rendra ſes Eſtats, & ſes peuples ſi calmes,
Que les plus reculez le voudront pour appuy.

X L

De Philire.

X L

Desia son ieune front, table de nostre attente,
De ces mutins haineux la malice espouuante :
Desia de ses beaux yeux, & de sa tendre voix
Sortent des traicts si beaux, & des accents si rares,
Que ceux qui de sa gloire ont esté trop auares,
Sont auiourdhuy trop prompts au soustien de ses Loix.

X L I X

Ceste fatalité (qui semble nous contraindre
Par vn triple deuoir) a l'aymer, & le craindre,
Donne de sa fortune vn presage diuers :
Desia d'estonnement le serpent se recule,
Qui vit dans son berceau qu'il estoit vn Hercule
Qui venoit repurger de monstres l'Vniuers.

X L I I

Cest amour naturel, ce deuoir, ceste crainte,
A tous ses vrays subiets donnent mesme contrainte,
Tous ont de ses vertus vn mesme estonnement :
Miracle merueilleux, que tant & tant de haine,
Et de discorts couuerts, dont la Cour estoit pleine,
Se soient esuanouïs à son euenement.

X L I I I

Chacun vœuf de son Pere, en vn aage si tendre,
(Ne pouuant par l'espoir au repos condescendre)
Se figuroit la rage, & l'apuy des peruers :
Moy-mesme, en souspirant sur ma dolente Lire
Ces fidelles chansons, LES DOVLEVRS DE PHILIRE,
Ie pasmois mile fois en la suite d'vn vers.

C

Les douleurs

XLIIII

Le mal fut si soudain, & la playe si forte,
Que de tous sentimens il nous ferma la porte:
Mais ce Soleil des cœurs, ceste Reyne des Roys,
Conduitte par l'esprit de sa docte prudence,
Et conduisant du Roy la glorieuse enfance,
Redonna par ces mots a noz esprits la voix.

XLV

Non, Nous dit-elle lors, monstrant ce ieune Prince,
Voicy tousiours le Roy, qui pleure la Prouince?
Vostre Roy n'est pas mort, les Roys ne meurent pas:
Quittez, ô chers François, ce funeste langage,
Tout ce que vous voyez n'est qu'vn changement d'aage,
Que vostre desplaisir vous figure vn trespas.

XLVI

Ces accents souuerains, de tant de beaux Oracles,
Dans noz sens diuisez produirent des Miracles:
Les graues Majestez de la Reyne, & du Roy,
Font que des cœurs troublez la crainte se separe,
Et qu'au lieu de souspirs d'alegresse on se pare,
Par le zele nouueau d'vne Royale foy.

XLVII

Nous respirasmes tous d'vne mesme harmonie,
Qu'il faloit que la France a ces mots fust vnie,
Pour venger son iniure, & pour se consoler:
Si elle perd vn Roy, elle trouue vn Monarque,
Qu'vne Reyne immortelle, exempte de la Parque,
Pour l'empescher de plaindre, & de se desoler.

XLVIII

Rien ne peut s'auancer par les pleurs, par la plainte,
La consolation peut r'asseurer la crainte,
Plustost que de te perdre en des pensers mortels:
Pers le ressouuenir de ta peine mortelle,
Et sur tout garde-toy d'vne sourde cautelle,
De ceux qui aux meurtriers preparent des autels.

XLIX

Ces nuages espais de la fatale perte,
Dont, France, tu estois hyer toute couuerte,
Sont auiourdhuy dissouz en legeres vapeurs:
C'est ton Soleil nouueau qui les à peu deffaire:
France, console-toy, rien ne te peut plus nuire,
Sinon des seducteurs les langages pipeurs.

L

Eslongne de tes bords ces monstres hypocrites,
Qui dans des corps fardez ont des cœurs decrepites,
Qui sorciers, qui menteurs, abusans les humains,
Enseignent en secret, que pour meurtrir son Prince,
Et pour abandonner sa natale Prouince,
On s'aquiert dans le Ciel des tresors souuerains.

L I

Retranche de leur voix ceste parole infame,
Qui puante, corrompt la pureté de l'ame:
Que si tu ne les veux esloigner loing de toy,
Veillans les factions de leur caballe inique,
Tu verras redoubler leur dessein tyrannique,
De ruyner ta gloire, & de meurtrir ton Roy.

LII

Ne couppes seulement quelque superficie
De leur meschanceté, la racine endurcie
Nous produiroit tousiours des branches, & des fruits;
Ceste horrible racine est en bas si profonde,
Qu'elle apporte d'Enfer les miseres au monde,
Qui dureront tousiours, si tu ne la destruits.

LIII

N'immites point celuy qui se ioüant sur l'herbe,
D'vn serpent venimeux qui l'attaquoit, superbe,
Se contante d'auoir fait deux parts de son corps:
Il faut pour assommer ces dangereuses bestes
Diuiser en cent parts leurs miserables testes,
Car pour sauuer leur vie ils font souuent les morts.

LIIII

Quand vn esprit perdu dans la fauce science
Veut d'vn acte meschant faire l'experience,
Il se sert bien souuent des mysteres sacrez :
Ainsi ces imposteurs prennent pour Paranimphe
De leur meschanceté vne innocente Nymphe,
Pretexte souz lequel noz Roys sont massacrez.

LV

S'tu veux de ces loups esuiter les cautelles,
Gardes bien que leur voix ne touche tes oreilles,
Non plus que les chansons des filles d'Achelois,
Quand ils ont fait leur prise ils se monstrent extresmes:
Estans en leurs abus des gourmands Poliphemes,
Qui n'ont Dieu qu'aux discours, qu'aux volumes les Loix.

L V I

A toute impieté leur malice se porte,
L'impudence & l'orgueil sont tousiours à leur porte,
Ils seduisent la veufue, & trompent les enfans:
Dessouz le voile sainct des sainctetez des Peres
Ils pratiquent souuent des effects de Viperes,
Qui creuent en naissant de leurs meres les flancs.

L V I I

Enfans de cruauté, peres de la malice,
Peres du vieil Serpent, & enfans de tout vice,
Enfans d'ambition, peres d'oysiueté,
Peres de desespoir, & enfans de mensonge,
Dont le parler flateur s'acourcit & s'alonge
Selon l'euenement de leur meschanceté.

L V I I I

Ces Lions Nemeans, ces Hydres à cent testes,
Ces Sangliers d'Erimanthe, insatiables bestes,
Ces trompeurs Augias, ces oyseaux inhumains,
Dont l'horrible grosseur, & dont la fourmiliere
Obscurcit en passant la celeste lumiere,
Ne viuent que de chair, & de sang des humains.

L I X

Ces Diomedes fiers, ces cheuaux effroyables,
Dont le nazeau vomit des feux espouuentables,
Qui deuorent par tout les infirmes passans:
Ces Taureaux Candiots, de grandeurs excessiues,
Veautrez a corps perdus és ordures lasciues,
Ne visent qu'au malheur des pauures innocens.

Les douleurs

L X

Ces bœufs rouges cruels, viuans de chair humaine,
Ces meurtriers Gerions, dont la terre est si plaine,
Ces Cerberes hurlans, Antées sans mercy,
Qui tombez, retouchans la terre vostre mere,
Reprenez pour vn temps vostre force premiere,
Vostre cœur de caillous est tousiours endurcy.

L X I

Horribles Busiris, dont l'horreur s'espouuante,
Qui cruels immolez à la mer inconstante,
Les estrangers captifs en voz barbares mains,
Emathyons, Cacus, prompts és œuures cruelles,
Vous estes destinez és flammes criminelles,
Comme assassins, meurtriers, & bourreaux inhumains.

L X I I

Ces meurtriers malheureux en leur rage homicide,
Furent tous surmontez par le premier Alcide:
Ceux-cy, leurs reiettons, plus horribles cent fois,
Soit en meurtriers effects, en malices enormes,
En fureurs, en orgueil, en mespris, ou en formes,
Seront tous abbatus par l'Hercule Françoys.

L X I I I

Heureux alors noz yeux, heureuses noz oreilles,
De veoir, & d'escouter ces diuines merueilles:
Heureux noz bras, noz mains, noz courages, noz cœurs,
De fraper, d'esgorger, de vaincre, de poursuyure,
Auecques nostre Roy, ceux qui ne vouloient viure
Qu'auecques le desir d'estre vn iour noz vainqueurs.

LXIIII

O Mere d'vn tel Roy, l'apuy de tout le monde,
En Princes, en honneurs, si cherement feconde,
Ie coniure le Ciel, protecteur de tes iours,
Qui donne, ô grand Reyne, à ton dessein fidelle
Les effects desirez, dont la gloire immortelle,
Des desseins ennemis te deliure tousiours.

LXV

Grand Roy, dont le bon-heur nourrit noz esperances,
Grand Roy, dont la vertu fait perir noz souffrances:
O grand Roy de l'honneur, l'honneur des plus grands Roys,
Puisses-tu de tes bords iusques aux bouts du Monde,
Pourmenant ta valeur, à nulle autre seconde,
Porter victorieux tes Lauriers & tes Loix.

F I N.

9 782014 063103